很久很久以前，
人們總是忘記自己出生在哪一年，
也算不清自己究竟幾歲。

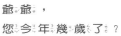

爺爺，
您今年幾歲了？

嗯，我想想啊⋯⋯
不記得了耶！

玉ㄩˋ皇ㄏㄨㄤˊ大ㄉㄚˋ帝ㄉㄧˋ想ㄒㄧㄤˇ了ㄌㄜ˙一ㄧ個ㄍㄜˋ辦ㄅㄢˋ法ㄈㄚˇ：

有了!

記年份太難，記動物的名字就簡單多了。
找出十二種動物來代表年份，不就行了嗎？

玉皇大帝通知土地公，請他去發布選拔十二生肖的消息。

閻羅王
城隍爺
門神
土地公
七爺
保生帝
月下老人

玉皇

公告

十二生肖渡河比賽

歡迎動物們來

# 十二生肖
## 的故事

文圖 賴馬

消‹ㄒㄧㄠ›息‹ㄒㄧ›公‹ㄍㄨㄥ›布‹ㄅㄨ›以‹ㄧˇ›後‹ㄏㄡˋ›，所‹ㄙㄨㄛˇ›有‹ㄧㄡˇ›的‹ㄉㄜ›動‹ㄉㄨㄥˋ›物‹ㄨˋ›都‹ㄉㄡ›很‹ㄏㄣˇ›興‹ㄒㄧㄥ›奮‹ㄈㄣˋ›，大‹ㄉㄚˋ›家‹ㄐㄧㄚ›鬧‹ㄋㄠˋ›哄‹ㄏㄨㄥ›哄‹ㄏㄨㄥ›地‹ㄉㄜ›討‹ㄊㄠˇ›論‹ㄌㄨㄣˋ›渡‹ㄉㄨˋ›河‹ㄏㄜˊ›比‹ㄅㄧˇ›賽‹ㄙㄞˋ›的‹ㄉㄜ›事‹ㄕˋ›。

當<sub>ㄉ</sub><sub>ㄤ</sub>時<sub>ㄕ</sub>，老<sub>ㄌ</sub><sub>ㄠ</sub>鼠<sub>ㄕ</sub><sub>ㄨ</sub>和<sub>ㄏ</sub><sub>ㄜ</sub>貓<sub>ㄇ</sub><sub>ㄠ</sub>是<sub>ㄕ</sub>很<sub>ㄏ</sub><sub>ㄣ</sub>好<sub>ㄏ</sub><sub>ㄠ</sub>的<sub>ㄉ</sub><sub>ㄜ</sub>
朋<sub>ㄆ</sub><sub>ㄥ</sub>友<sub>ㄧ</sub><sub>ㄡ</sub>，他<sub>ㄊ</sub><sub>ㄚ</sub>們<sub>ㄇ</sub><sub>ㄣ</sub>聚<sub>ㄐ</sub><sub>ㄩ</sub>在<sub>ㄗ</sub><sub>ㄞ</sub>一<sub>ㄧ</sub>起<sub>ㄑ</sub><sub>ㄧ</sub>討<sub>ㄊ</sub><sub>ㄠ</sub>論<sub>ㄌ</sub><sub>ㄨ</sub><sub>ㄣ</sub>。

老<sub>ㄌ</sub><sub>ㄠ</sub>鼠<sub>ㄕ</sub><sub>ㄨ</sub>說<sub>ㄕ</sub><sub>ㄨ</sub><sub>ㄛ</sub>：「我<sub>ㄨ</sub><sub>ㄛ</sub>們<sub>ㄇ</sub><sub>ㄣ</sub>不<sub>ㄅ</sub><sub>ㄨ</sub>會<sub>ㄏ</sub><sub>ㄨ</sub><sub>ㄟ</sub>游<sub>ㄧ</sub><sub>ㄡ</sub>泳<sub>ㄩ</sub><sub>ㄥ</sub>，要<sub>ㄧ</sub><sub>ㄠ</sub>
怎<sub>ㄗ</sub><sub>ㄣ</sub>麼<sub>ㄇ</sub><sub>ㄜ</sub>渡<sub>ㄉ</sub><sub>ㄨ</sub>河<sub>ㄏ</sub><sub>ㄜ</sub>呢<sub>ㄋ</sub><sub>ㄜ</sub>？」

貓<sub>ㄇ</sub><sub>ㄠ</sub>說<sub>ㄕ</sub><sub>ㄨ</sub><sub>ㄛ</sub>：「可<sub>ㄎ</sub><sub>ㄜ</sub>以<sub>ㄧ</sub>跟<sub>ㄍ</sub><sub>ㄣ</sub>牛<sub>ㄋ</sub><sub>ㄧ</sub><sub>ㄡ</sub>合<sub>ㄏ</sub><sub>ㄜ</sub>作<sub>ㄗ</sub><sub>ㄨ</sub><sub>ㄛ</sub>，我<sub>ㄨ</sub><sub>ㄛ</sub>們<sub>ㄇ</sub><sub>ㄣ</sub>
幫<sub>ㄅ</sub><sub>ㄤ</sub>他<sub>ㄊ</sub><sub>ㄚ</sub>指<sub>ㄓ</sub>路<sub>ㄌ</sub><sub>ㄨ</sub>，他<sub>ㄊ</sub><sub>ㄚ</sub>載<sub>ㄗ</sub><sub>ㄞ</sub>我<sub>ㄨ</sub><sub>ㄛ</sub>們<sub>ㄇ</sub><sub>ㄣ</sub>渡<sub>ㄉ</sub><sub>ㄨ</sub>河<sub>ㄏ</sub><sub>ㄜ</sub>。」

貓ㄇㄠ和ㄏㄜˊ老ㄌㄠˇ鼠ㄕㄨˇ去ㄑㄩˋ找ㄓㄠˇ牛ㄋㄧㄡˊ，
牛ㄋㄧㄡˊ立ㄌㄧˋ刻ㄎㄜˋ答ㄉㄚˊ應ㄧㄥ了ㄌㄜ。

到了比賽當天。一大清早，
公雞都還沒睡醒，牛、貓和老鼠
已經來到河邊。

牛蹲下來，讓貓和老鼠爬上他的背，然後開始渡河。貓平常就愛打瞌睡，今天又太早起來，很快就趴在牛背上睡著了。

老鼠很想得第一名，就在牛快要抵達河岸的時候，他突然把貓推下水，然後鑽進牛耳朵裡。

牛並不知道發生了什麼事，只聽到老鼠在他耳朵裡喊著：「牛大哥，加油！我們快到了。」

牛ㄋㄧㄡˊ爬ㄆㄚˊ上ㄕㄤˋ對ㄉㄨㄟˋ岸ㄢˋ，高ㄍㄠ興ㄒㄧㄥˋ地ㄉㄧˋ衝ㄔㄨㄥ向ㄒㄧㄤˋ終ㄓㄨㄥ點ㄉㄧㄢˇ。

老ㄌㄠˇ鼠ㄕㄨˇ突ㄊㄨˊ然ㄖㄢˊ從ㄘㄨㄥˊ牛ㄋㄧㄡˊ耳ㄦˇ朵ㄉㄨㄛ裡ㄌㄧˇ跳ㄊㄧㄠˋ出ㄔㄨ來ㄌㄞˊ，　搶ㄑㄧㄤˇ先ㄒㄧㄢ

抵ㄉㄧˇ達ㄉㄚˊ終ㄓㄨㄥ點ㄉㄧㄢˇ，　得ㄉㄜˊ到ㄉㄠˋ第ㄉㄧˋ一ㄧ名ㄇㄧㄥˊ。

牛辛苦了半天，只得到第二名，非常生氣，從此就一直瞪著大眼睛。

過了一會兒，全身濕淋淋的老虎來了，他很有自信地吼著：「我是第一名吧！」玉皇大帝說：「不！你得到第三名。」

突然間，天空捲起一陣狂風，龍從天而降，眼看就要抵達終點，兔子衝了過來，搶先得到第四名。

兔子不會游泳，一路跳呀跳，踩著別人的背渡河。

玉皇大帝問龍：「你用飛的，怎麼這麼晚才到呢？」原來，龍去遙遠的南海主持下雨典禮，趕回來時已經來不及了。

馬ㄇㄚˇ蹄ㄊㄧˊ聲ㄕㄥ傳ㄔㄨㄢˊ來ㄌㄞˊ，塵ㄔㄣˊ土ㄊㄨˇ飛ㄈㄟ滿ㄇㄢˇ天ㄊㄧㄢ。馬ㄇㄚˇ跑ㄆㄠˇ在ㄗㄞˋ最ㄗㄨㄟˋ前ㄑㄧㄢˊ面ㄇㄧㄢˋ，正ㄓㄥˋ要ㄧㄠˋ衝ㄔㄨㄥ向ㄒㄧㄤˋ終ㄓㄨㄥ點ㄉㄧㄢˇ，蛇ㄕㄜˊ突ㄊㄨˊ然ㄖㄢˊ從ㄘㄨㄥˊ草ㄘㄠˇ叢ㄘㄨㄥˊ裡ㄌㄧˇ鑽ㄗㄨㄢ出ㄔㄨ來ㄌㄞˊ，搶ㄑㄧㄤˇ先ㄒㄧㄢ得ㄉㄜˊ到ㄉㄠˋ第ㄉㄧˋ六ㄌㄧㄡˋ名ㄇㄧㄥˊ。

蛇本來有腳，這次跑得太賣力，把腳都跑斷了。
馬本來很勇敢，這次被蛇嚇到，從此變得很膽小。

羊、猴和雞在河邊撿到一根木頭，大家通力合作，得到八、九、十名。

羊坐在前面指路，因為看得太用力，變成一個大近視。猴子在木頭上坐太久，屁股又紅又腫。雞本來有四隻腳，上岸的時候給壓斷了兩隻，所以現在只剩兩隻腳。

恭喜，
你得到第11名。

狗來了。他很貪玩，渡河的時候，居然泡在河裡玩水，耽誤了時間。

十二生肖只剩下一個名額，
大家伸長脖子望著前方。
豬來了，他滿頭大汗，喘著氣
說：「餓死我了，這裡有沒有
好吃的東西？」

比ㄅㄧˇ賽ㄙㄞˋ結ㄐㄧㄝˊ束ㄕㄨˋ，玉ㄩˋ皇ㄏㄨㄤˊ大ㄉㄚˋ帝ㄉㄧˋ宣ㄒㄩㄢ布ㄅㄨˋ
十ㄕˊ二ㄦˋ生ㄕㄥ肖ㄒㄧㄠˋ的ㄉㄜ名ㄇㄧㄥˊ次ㄘˋ。

這時，濕淋淋的貓來了，
他問：「我第幾名？」
玉皇大帝說：「第十三名。」

貓非常生氣，每根鬍鬚都翹
起來，他說：「可惡的老鼠！
我絕不饒你！」
說完，揮爪向老鼠撲過去。
老鼠嚇得吱吱叫，往玉皇大
帝的椅子下鑽，還是被貓打
了一巴掌，牙齒都被打掉了。

老鼠雖然得到第一名，從此每天提心吊膽，怕貓找他報仇；直到今天，老鼠看到貓影子，就沒命地跑，連大白天也躲在洞裡不敢出來。

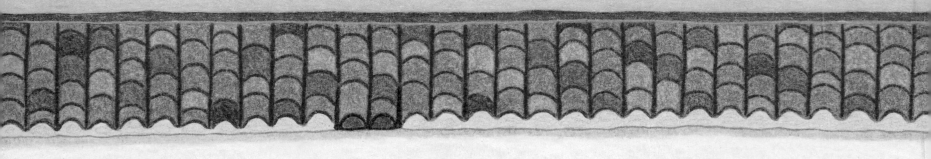

## 賴馬

1968年生，27歲那年出版第一本書《我變成一隻噴火龍了！》即獲得好評，從此成為專職的圖畫書創作者。目前一家五口在台東玩耍生活著，並於2014年夏天成立了「賴馬繪本館」。

在賴馬的創作裡，每個看似幽默輕鬆的故事，其實結構嚴謹，不但務求合情合理、還要符合邏輯；每幅以巧妙手法布局的畫面細節，都歷經反覆推敲、仔細經營。除了第一眼的驚嘆，更禁得起一讀再讀。

賴馬的作品幾乎得過所有台灣重要的圖畫書獎項，亦曾連續三年登上誠品書店暢銷書榜圖畫書類第一名。2007年應邀到大阪國際兒童文學館演講。

每有新作都廣受喜愛，2014出版的《愛哭公主》榮獲兒童及少年圖書金鼎獎，並且與情緒系列《生氣王子》與《勇敢小火車》累計逾13萬本的亮眼銷售成績，足以顯示賴馬在圖畫書世界的魅力。

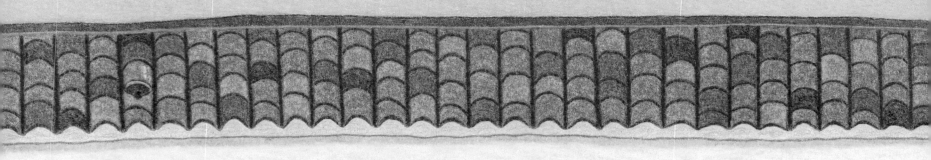

# 公告

## 十二生肖渡河比賽結果

恭喜下列十二種動物，
當選十二生肖。

一鼠　二牛　三虎

四兔　五龍　六蛇

七馬　八羊　九猴

十雞　十一狗　十二豬

你知道你是民國幾年出生？
屬什麼生肖嗎？

| 一 鼠 | |
|---|---|
| 民國 西元 | |
| 13年出生（1924） | 73年出生（1984） |
| 25年出生（1936） | 85年出生（1996） |
| 37年出生（1948） | 97年出生（2008） |
| 49年出生（1960） | 109年出生（2020） |
| 61年出生（1972） | 121年出生（2032） |

| 二 牛 | |
|---|---|
| 14年出生（1925） | 74年出生（198 |
| 26年出生（1937） | 86年出生（199 |
| 38年出生（1949） | 98年出生（200 |
| 50年出生（1961） | 110年出生（20 |
| 62年出生（1973） | 122年出生（20 |

| 十二 豬 | |
|---|---|
| 24年出生（1935） | 84年出生（1995） |
| 36年出生（1947） | 96年出生（2007） |
| 48年出生（1959） | 108年出生（2019） |
| 60年出生（1971） | 120年出生（2031） |
| 72年出生（1983） | 132年出生（2043） |

我是民國98年出生，
你猜我屬什麼？

我屬猴，那
我是哪一年
出生呢？

| 十一 狗 | |
|---|---|
| 23年出生（1934） | 83年出生（1994） |
| 35年出生（1946） | 95年出生（2006） |
| 47年出生（1958） | 107年出生（2018） |
| 59年出生（1970） | 119年出生（2030） |
| 71年出生（1982） | 131年出生（2042） |

| 十 雞 | |
|---|---|
| 22年出生（1933） | 82年出生（1993） |
| 34年出生（1945） | 94年出生（2005） |
| 46年出生（1957） | 106年出生（2017） |
| 58年出生（1969） | 118年出生（2029） |
| 70年出生（1981） | 130年出生（2041） |

| 九 猴 | |
|---|---|
| 21年出生（1932） | 81年出生（199 |
| 33年出生（1944） | 93年出生（200 |
| 45年出生（1956） | 105年出生（20 |
| 57年出生（1968） | 117年出生（20 |
| 69年出生（1980） | 129年出生（20 |

 三 虎   四 兔

| | |
|---|---|
| 年出生（1926） | 75年出生（1986） |
| 年出生（1938） | 87年出生（1998） |
| 年出生（1950） | 99年出生（2010） |
| 年出生（1962） | 111年出生（2022） |
| 年出生（1974） | 123年出生（2034） |

| | |
|---|---|
| 16年出生（1927） | 76年出生（1987） |
| 28年出生（1939） | 88年出生（1999） |
| 40年出生（1951） | 100年出生（2011） |
| 52年出生（1963） | 112年出生（2023） |
| 64年出生（1975） | 124年出生（2035） |

我屬兔，
年齡是祕密。

我11歲，你猜我
是哪一年出生的？
屬什麼？

  五 龍

| | |
|---|---|
| 17年出生（1928） | 77年出生（1988） |
| 29年出生（1940） | 89年出生（2000） |
| 41年出生（1952） | 101年出生（2012） |
| 53年出生（1964） | 113年出生（2024） |
| 65年出生（1976） | 125年出生（2036） |

  六 蛇

| | |
|---|---|
| 18年出生（1929） | 78年出生（1989） |
| 30年出生（1941） | 90年出生（2001） |
| 42年出生（1953） | 102年出生（2013） |
| 54年出生（1965） | 114年出生（2025） |
| 66年出生（1977） | 126年出生（2037） |

對了，十二生肖是
以農曆春節過後才
做輪替。

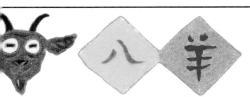 八 羊   七 馬

| | |
|---|---|
| 年出生（1931） | 80年出生（1991） |
| 年出生（1943） | 92年出生（2003） |
| 年出生（1955） | 104年出生（2015） |
| 年出生（1967） | 116年出生（2027） |
| 年出生（1979） | 128年出生（2039） |

| | |
|---|---|
| 19年出生（1930） | 79年出生（1990） |
| 31年出生（1942） | 91年出生（2002） |
| 43年出生（1954） | 103年出生（2014） |
| 55年出生（1966） | 115年出生（2026） |
| 67年出生（1978） | 127年出生（2038） |

是的。